Frank Othmar

Andenken an Ildephons Schwarz,

Benediktiner, Bibliothekar und Professor der Philosophie, Mathematik und

Theologie im Stifte Banz

Frank Othmar

Andenken an Ildephons Schwarz,
Benediktiner, Bibliothekar und Professor der Philosophie, Mathematik und Theologie im Stifte Banz

ISBN/EAN: 9783744700924

Hergestellt in Europa, USA, Kanada, Australien, Japan

Cover: Foto ©Raphael Reischuk / pixelio.de

Weitere Bücher finden Sie auf **www.hansebooks.com**

ANDENKEN

AN

ILDEPHONS SCHWARZ,

BENEDIKTINER, BIBLIOTHEKAR UND PROFESSOR DER PHILOSOPHIE, MATHEMATIK UND THEOLOGIE IM STIFTE BANZ

VON

EINEM SEINER SCHÜLER.

BAMBERG und WIRZBURG
bey Tobias Goebhardt seel. Wittib. 1795.

DEM

HOCHWÜRDIGEN

P. PLACIDUS
SPRENGER,

HERAUSGEBER DER LITTERATUR DES KA-
THOLISCHEN DEUTSCHLANDES, BIBLIOTHEKAR UND
KANZLEIDIRECTOR IM STIFTE BANZ, DEM INNIG-
STEN FREUNDE DES SELIGEN

WIDMET

DIESES ANDENKEN

ZUM

ZEICHEN SEINER HOCHACHTUNG

OTHMAR FRANK
Benediktiner daselbst.

Nach dem sanften Tode eines verdienstvollen Gelehrten, der sein rastloses Leben in einem hohen Alter beschlossen hat, können seine Freunde leicht ihren Schmerzen über den erlittenen Verlust stillen. Er hat die in seinen blühenden Jahren gemachten, wissenschäftlichen Entwürfe gröstentheils ausgeführt, allen den Nutzen, den er zu stiften im Stande war, hervorgebracht, Liebe und Schätzung in seinem Wirkungskreise sich nicht nur erworben, sondern auch lange genug genossen; seine nach einem allgemeinen Schicksale erlöschenden Geisteskräfte haben ihn zu ferneren Unternehmungen untauglich gemacht; den Ruhepunkt in der Aufklärung, welcher den Denkgesetzen unserer Seele angewiesen ist, hat er erreicht; bey den immerwährenden Veränderungen der Wissenschaften hat er sich keinen grosen Einfluss auf dieselben mehr zu versprechen, und nach vielen mühevoll verlebten Jahren ist er in Gefahr sich selbst zu überleben. Warum sollte man trostlos seyn, wenn er dahin schei-

A

det, er, der unsere vornehmsten Erwartungen von sich schon längstens erfüllet hat? Die Bothschaft seines Todes war schon lange vorausgesehen: wie könnte sie nun, da er stirbt, gleich einem plötzlichen Falle überraschen! Höchstens entfällt seinen mit ihm graugewordenen Jugendfreunden bey seiner Leiche noch eine zitternde Thräne, und die ehemahls seine ausgezeichneten Geistesfähigkeiten glänzen sahen, empfinden nun wieder lebhaft das Loos der Menschheit; indem sie jene Gaben hier nieden vernichtet sehen, deren Verfinsterung schon vordem ihr schmerzliches Mitgefühl erweckt hatte. Schimmerten mehr seine Verstandeskräfte, als seine sittlichen ausgebildet waren, besafs er Scharfsinn und Gelehrsamkeit ohne Tugend; so empfängt man die Nachricht von seinem Tode wenigstens mit Kälte und Gleichgültigkeit. Selbst ein unbescholtenes Leben im hohen Alter erst beschlossen scheint sich am Ende nicht mehr zu belohnen. Gebrechen verbittern es, scheuchen andere zurück, und verdunkeln alle Reitze zur Nachahmung seines gesetzmäfsigen Verhaltens.

Wenn aber ein tugendhafter Gelehrter in der Reife seiner schönsten Jahre, mitten in der Laufbahn, auf der er sich schon so verdiente Lorber gesammlet hat, und nun durch seine hoffnungsvollen Unternehmungen zum Gegenstand der Aufmerksamkeit vieler geworden ist, zu einer Zeit, wo seine nützlichsten Plane sich erst ihrer gänzlichen Ausführung nahen, wo sein bescheidenes nicht blendendes Licht noch auf so viele wohlthätige Strahlen werfen, und sein untadelhafter Wandel noch mehrere zur Tugendliebe und Gottesverehrung erwärmen könnte, plötzlich dahin sinkt, seine Kräfte ersterben, sein Licht auf einmahl erlischt, und seine Wärme erkaltet; da entsteht in seinem Kreise eine Erschütterung, ein gewisser Stillstand, und eine Leere, an die sich alle jene nur durch Länge der Zeit zu gewöhnen lernen, welche seine Gaben gekannt, seinen Werth und seine Verdienste zu schätzen gewufst, und seine Einwirkung auf ihre Bildung gefühlt haben.

Ein solcher Verlust wird die kurze Zeichnung von dem Charakter des so sehr beklagten Mannes rechtfertigen, der seit dem 19ten Junius 1794 Banz nicht mehr zieret; der zwar alt an Verdiensten, aber nicht an Lebensjahren, unermüdet während diefer, durch mündlichen Unterricht und Belehrungen, durch Schriften und vorzüglich durch feine edlen Tugenden zum Beften anderer gefchäftig war. Vielleicht ift fie, obfchon mangelhaft, doch feinen Freunden und Verehrern nicht unwillkommen; vielleicht werden fie dadurch mit ihrem Freunde bekannter, und etwa erfcheint ihnen diefer von manchen Seiten noch achtungs- und liebenswürdiger. Sie foll zwar auch ein Denkmahl meines aufrichtigen Dankes für die Lehren feyn, die ich von ihm erhielt, und für die befondere Freundfchaft, die er mir fchenkte; aber doch wünfche ich, dafs man fie aus diefem Gefichtspunkte nicht allein beurtheile, und defswegen die Wahrheit derfelben für verdächtig halte. Er bedarf in der That keiner Lobrede, fondern nur einer getreuen Darftellung desjenigen, was er wirklich war. Wer aber hier die Abenteuer eines Aventurier erwartet, der feinen Wirkungskreis, welcher ihm zu enge und feiner Kraftäufserungen unwürdig fcheinet, überfpringt, und auf einem grofsen Schauplatze feine für die wirkliche Welt oft nicht paffenden Entwürfe auszuführen wagt, wird wohl diefe Blätter unbefriedigt aus den Händen legen. Hier ift nur die Rede von einem Manne, der fogar alle Gelegenheiten glänzen, und eine gröfsere Rolle fpielen zu können ausfchlug; vor allem nur auf dem Poften, wohin ihn die Vorfchung gefetzt hatte, nutzen wollte; der weit entfernt Antheil an grofsen Weltbegebenheiten nehmen oder vorgeben zu wollen, um fich durch diefe Prahlerey von allen Pflichten zu Haufe loszubinden, vielmehr dadurch der ächte Weltbürger war, dafs er diejenigen, mit denen er in Verbindung lebte, nach allgemein gültigen Gefetzen behandelte, in jedem einzelnen Menfchen die Würde der Menfchheit verehrte; kurz, der die Verbindlichkeiten feines Standes als Menfch und Chrift vollkommen erfüllte.

Der Selige wurde zu Bamberg den 4ten November 1752 geboren. Sein Vater Chriftian Wilhelm Schwarz war da Profeffor der Arzneygelahrtheit, fürftlicher Leibarzt und Hofrath, feine Mutter eine geborne Bauer von Heppenftein, aus einem anfehnlichen Gefchlechte dafelbft. Schon in feiner Kindheit liefs man es ihm an keinem Mittel gebrechen, das zur ersten Bildung seines Verstandes und Herzens wirksam seyn konnte. Frühzeitig entwickelten sich daher seine glüklichen Geistesgaben. Im neunten Jahre seines Alters hatte er die lateinische Sprache in einem solchen Grade gefasst, dafs er die ausgesuchtesten Schwierigkeiten in auswendigen Aufgaben behend zu lösen wuste. Er trat defswegen in die unterste Klasse der Grammatik auf dem Gymnasium zu Bamberg, wo damahls Jesuiten lehrten, im zehnten Jahre seines Alters, in die andere gewöhnlich erst nach zurückgelegtem zwölften Jahre oder noch älter kommen. Hier zeichnete er sich durch seinen Fleifs eben sowohl als durch seine Fähigkeiten aus; trug manchen Preis davon, und machte schnelle Fortschritte in der lateinischen und griechischen Sprache und in den schönen Künsten, wovon man einen Vorgeschmack da erhalten konnte. Freilich war der öffentliche Unterricht zu jener Zeit trocken; aber was ihm hier abging, ersetzte man zu Hause; man liefs bald seine Wifsbegierde häufiger aus den Quellen selbst schöpfen; gab ihm die besten alten Klassiker in die Hand, und bildete seinen Geschmack; indem man ihm lehrte, dieselben genau zu interpretiren, das Gelefene jedesmahl zu überdenken, und das Schöne und Fehlerhafte darin zu beurtheilen. So gewöhnte er fich an eine männliche Lektüre und richtige Schätzung des Wiffenswürdigen. Auch lernte er dabey die französische Sprache verstehen und sprechen, und las die damahls vornehmsten deutschen Schriftsteller. *) Seltene Talente, eignes rastloses

---

*) Aus mehreren Beweisen feines guten Geschmaks und feiner gefunden Beurtheilungskraft wähle ich hier nur einen, worin man zugleich Merkmahle feiner Bescheidenheit und offenen Freimüthigkeit sehen kann. Nach der Infulation unferes fel. Abten und Prälaten Valerius 1768 fchickte er dem P. Placidus Sprenger fein Urtheil über deffen Gedichte auf die Wahl und Einfegnung. .... *„Ich war recht entzückt darüber,,, fchrieb er .... „So gibt es doch in Franken auch noch Dichter! Darf ich darüber einige Anmerkungen machen? Sie find fchwach, doppelt fchwach, weil meine Feder in Flor verhüllt ift.* (Sein Vater war kurz vorher gestorben) *In der Elegie gefällt mir das Beywort, fcrutans zu Sequana nicht gar zu wohl: ich dächte, es fchikte fich beffer zur fpanischen Grandezza und zu den Tagus als zur Sequana. Es fcheinet das Muntere, das Flüchtige der Franzofen nicht*

Beſtreben, guter Unterricht und die beſte Erziehung wirkten zuſammen, um aus ihm den edelſten Jüngling zu bilden, und jenen frühen Gelehrten, der nicht über die tauſend anderen nothwendigen Stufen geſchritten zu ſeyn ſchien, und der nachher bey ſeiner ſpäteren Selbſtbil-

---

reckt zu treffen — In der Epope vers 4 gen etwas hart. — Aber im übrigen wie iſt nicht die Schreibart ſo erhaben, der Anfang ſo mahleriſch! der 13 vers ſo ſtark! Bey dem 18 höre ich die Nymphe ſchreyen; ich ſehe, wie ſie die Zunge bewegt. Der ſtaunenden Auferſtehung, wie ſtark! fieng an zu verſchmachten, wie natürlich? Ja, ja, ich ſehe, ſie ſinkt zurück auf die Erde. Des ſitzenden Allerhöchſten, wie ſo gemäſs der Majeſtät Gottes! Soviel von der ſchönen Epope, der ſich kein Dichter ſchämen darf. — Jetzt komme ich an das Stück, an das gefsneriſche Stück, welches alle meine Liebe gewonnen hat, das Schäfergedicht. Wahrhaftig darin haben ſie es weit gebracht. Wie ungezwungen, wie natürlich, wie unerwartet iſt alles? Schad, daſs es nicht länger iſt. Ey, die ſchönen Papillions, dadurch verrathen ſie ſich, wenn auch das Schöne deſſelben ſie nicht verrathen hätte. Wie anmuthig! ich kann ſie mir nicht genug leſen, die ſo ſchöne, nette ausführliche Beſchreibung ihrer Papillionsjagd u. ſ. w.

dung nicht wie fo viele nothwendig hatte, feine vorhergehende zu zerftören, und fich ganz neu umzufchaffen.

Nach geendigtem erften Jahre des philofophifchen Curfus im 16ten feines Alters trat er in das Benediktiner Stift Banz. Seine Vorliebe für diefes Klofter entfprang aus einem befonderen Zufalle. Sein Vater, der im Knabenalter einen Bruder gekannt hatte, von dem er wegen des frühzeitigen Todes ihrer Eltern durch die beyderfeitigen Anverwandten weit getrennt worden war, wufste nicht, wohin er gekommen fey. Als er nach zu Halle vollendeten medicinifchen Studien und erhaltener Doctorwürde auf Coburg reifte, erfuhr er da von uhngefähr, dafs der Syndikus und Confulent zu Banz fich Schwarz nenne. Begierig denfelben zu fehen kam er dahin, und auf der Stelle erkannten fich beyde Brüder freudentrunken einander. Einige Zeit nachher nahm er als Medicus ordinarius des Klofters feine Wohnung dafelbft, und blieb es auch, nachdem er feine Profeffur auf der hohen Schule zu Bamberg bezogen hatte, wo er dann fürftlicher Leibarzt und Hofrath wurde. Man schätzte ihn allgemein hoch; selbst Se. Hochfürstl. Gnaden Franz Ludwig und der jetzige Kurfürst von Mainz besuchten ihn öfters, da beyde Brüder noch Domherrn waren; unterhielten sich mit ihm und seiner auserlesenen Büchersammlung. Sein einziger Sohn (denn die übrigen Kinder hatte ein früher Tod weggerafft) erbte eine besondere Neigung gegen Banz von seinem Vater, und dieser entschloss sich, indem er Wittwer war, sobald sein Sohn die Gelübde würde abgelegt haben, zu Banz seine übrigen Lebenstage hinzubringen. Allein er starb noch ein Jahr eher, als Carl Joseph (dieses war dessen Taufnahme) ins Kloster trat. Bey dem beträchtlichen Vermögen, das dieser besaſs, und den schönen Geistesgaben, mit denen er so reichlich ausgestattet war, standen ihm gewiſs mehrere glückliche Aussichten in der Welt offen. Aber mit dem Wunsche, als ein Benediktiner in Banz zu leben und zu sterben, überlieſs er fast sein ganzes Vermögen den Anverwandten: nur einen geringen Theil davon sammt der beträchtlichen Bibliothek seines Vaters, und was das vornehmste war, sich selbst schenkte er dem Kloster.

Schon vorher gewann er nicht nur durch seine Talente, sondern auch durch muntere Lebhaftigkeit und ein gefälliges Betragen die Liebe und Schätzung der Geiſtlichen daſelbſt. So machte er ſich z. B. eine beſondere Freude daraus, wenn er den jungen Profeſſen bey ihrer Handarbeit, als bey Verzierung der Altäre auf hohe Feſte helfen konnte, wobey auch ſein Bedienter (denn ſein Vater ließ ihn außer ſeinen Augen nie allein) Hand mit anlegen mußte.

Den 15ten Auguſt 1769 zog er das Ordenskleid an. Nicht irgend ein Eigennutz, nur Tugend und Religion, wofür die Klöſter geſtiftet ſind, hatten ihn zu ſeinem Eintritte in ein ſolches bewogen. Er war daher beſtrebt, ſich alle die Mittel eigen zu machen, die dahin führen könnten, und in der Wahl derſelben wollte er ſich eher einer zu großen Strenge, als eines Leichtſinnes ſchuldig machen. Hiezu kam nun, daß er einen zwar ſonſt faſt untadelhaften, aber ängſtlich frommen und ſehr ſtrengen Aſketen zum Novizenmeiſter bekam. Ildephons, der ſich jetzt ganz der Leitung ſeines Führers überließ, glaubte an feiner Hand den einzigen wahren Weg zu feinem Zwecke erreicht zu haben, und fuchte fich nach dem Geifte deffelben zu ftimmen. Schon war er entfchloffen aller fogenannten weltlichen Gelehrfamkeit zu entfagen, wollte jedes Buch diefes Inhalts aus feinem Zimmer verbannen, und fich ganz in geiftliche Betrachtungen vertiefen. Welches Opfer! Er, der fich den Wiffenfchaften fchon lange geweihet, und fein Vergnügen darin gefunden hatte, er, in dem ein lebhaftes und munteres Gemüth, ein attifches Temperament mit einer unerfättlichen Lernbegierde verbunden war, fafste den Entfchlufs, fich von den Wiffenfchaften, deren Liebling er war, zu trennen, der daraus entfpringenden Annehmlichkeiten auf immer zu entbehren, und feine Wifsbegierde nur karg und fehr fparfam zu befriedigen. Seine Gefinnung war hiebey unftreitig edel und grofsmüthig, wenn er fich fchon in dem Gegenftande geirrt hatte.

Den 15ten Auguft 1770 legte er feine Kloftergelübde ab, und erhielt zum Profeffor der Philofophie und Theologie den P. Columban Röffer, der nachher die Philofophie auf der

Univerſität zu Wirzburg öffentlich lehrte, und als Profeſſor mehrerer philoſophiſchen Schriften rühmlich bekannt ward. Durch dieſen und unter der Anleitung des um Banz und die Litteratur des katholiſchen Deutſchlandes ſehr verdienten P. Placidus Sprenger, ſeines Gewiſſenrathes fing Ildephons bald wieder an, von jener Seelenkrankheit zu geneſen. Bey ſeinem für Wahrheit immer empfänglichen Gemüthe, bey ſeinem geſchmeidigen und biegſamen Charakter, der keinen Steiffinn kannte, wurde ſie um ſo leichter bewirkt. Auch blieb jene unverſchuldete Täuſchung nicht ohne Nutzen. Nun dienten ihm ſeine Selbſtabtödtungen zur Verfolgung gemeinnützigerer Zwecke. Mit deſto Mehr Fleiſs und Unverdroſſenheit widmete er ſich nun den Wiſſenſchaften, deſto weniger ſchwer fielen ihm die Aufopferungen, die er dabey machte. Gewiſs muſs es uns leichter ankommen, uns zu dem Beſitz einer deſto reineren Tugend zu erheben, je mehr wir ihre gröſste Feindinn, die Sinnlichkeit geſchwächt, und jener unterworfen haben. Wer einmahl darin keine Schwierigkeit findet, groſse Opfer für irgend etwas in der Religion zu bringen, dem werden ſie auch wenig koften, wenn fie zur Ausübung der heiligften Pflichten nothwendig find. Die ihm während feines erften Jahres im Klofter eingeflöfsten frommen Empfindungen nahmen leicht die befte Richtung an, und liefsen fich in ihm zu den edelften Gefühlen der Tugend und Religion läutern, zu folchen Gefühlen, die den Gehorfam gegen das fittliche Gefetz und den höchften Gefetzgeber befördern, ohne der äufseren Wirkfamkeit nachtheilig zu feyn, die vielmehr unzertrennlich damit verknüpft ift.

Sein Profeffor, der mit einer ausgebreiteten Belefenheit in den alten und neuen philofophifchen Schriften viel Scharffinn verband, und die Lehrgebäude der alten Griechen und Römer eben fo genau kannte, als er fich die Sprache der letzteren eigen gemacht hatte, leitete und führte ihn nicht nur durch Vorlefungen, fondern auch durch Umgang und das Beyfpiel in feinen gelehrten Privat-Arbeiten; zeigte ihm den Ungrund verjährter Vorurtheile und den Weg zur Entdeckung neuer Wahrheiten und einer vielumfaffenden Gelehrfamkeit. Er felbft ftudierte unermüdet, nicht aus

Zeitvertreib, fondern aus Pflicht- und Religionsgefühl: die Stunden, die er darauf wendete, konnten nur durch gottesdienstliche Handlungen und die Befriedigung der nothwendigsten Bedürfniſſe der Natur unterbrochen werden: ſelbſt von dem Schlafe brach er ſich um ſeiner Lieblingsbeſchäftigung willen ab, und zwang die Nacht, ihm das zu erſetzen, was ihm der Tag nicht hinlänglich gewährt hatte. In der Kloſterbibliothek, die er ſehr oft beſuchte, fand er Erhohlung und für ſeine Leſeluſt Nahrung; machte ſich Auszüge und Anmerkungen, und erwarb ſich dadurch jene weitſchichtige Kenntniſs der Litteratur, die er nachher als Bibliothekar vortheilhaft zu benutzen wuſste, und die ſeinen Vorleſungen, da er ſelbſt Lehrer wurde einen ausgezeichneten Werth gaben.

Zwey Jahre hörte er Philoſophie und Mathematik im Kloſter, nach denen ſein Profeſſor die mit vielem Beyfalle aufgenommene *Encyclopaediam poſitionum philoſophicarum & mathematicarum* drucken ließ, welche Ildephons ſammt ſeinen übrigen Mitſchülern mit beſonderem Lobe öffentlich vertheidigte. Schon einige Zeit vorher hatte er zum erſten Stücke des fränkiſchen Zuſchauers die Recenſion einer mathematiſchen Abhandlung des P. Jakobs Profeſſors der Mathematik zu Bamberg verfertiget, die den ganzen Beyfall der zwey Urheber und vorzüglichſten Verfaſſer jener Zeitſchrift erhielt, von denen er gleich einſtimmig zum Mitgliede ihrer arbeitſamen Geſellſchaft aufgenommen wurde.

Röſſer ward als Profeſſor der Philoſophie nach Wirzburg berufen, ehe er ſeine Vorleſungen über die Theologie im Kloſter endigen konnte. *) P. Placidus Sprenger vollendete dieſe, und gleich darauf bekam Ildephons denſelben auch zum Lehrer der Rechtsgelehrſamkeit. Nach geſchloſſenen Vorleſungen darüber fuhr er für ſich unermüdet fort, ſich mit Kenntniſſen anderer zu bereichern, die er vermehrte, verbeſſerte, berichtigte, widerlegte, alles mit einem bewunderungswürdigen Fleiſse und der ſtandhafteſten Ausharrung.

---

*) Seine fortwährende zärtliche Liebe gegen Ildephons und ſein groſses Zutrauen auf denſelben bezeugen noch ſeine vorhandenen Briefe, worin er ihn in Betreff litterüriſcher Gegenſtände öfters um ſein Urtheil bath.

Da er so lange die Aufmunterung seiner Brüder, die Freude der Vorgesetzten und die Hoffnung der ganzen Gemeinde gewesen war, wies man seiner Thätigkeit nun einen bestimmteren Wirkungskreis an. Er wurde zehen Jahre nach seiner Aufnahme in das Kloster 1779 zum Professor der Philosophie und Mathematik und nachher der Theologie ernennt. Diese Wissenschaften las er fünfzehen Jahre ununterbrochen bis an seinen Tod den auf einander folgenden jungen Geistlichen vor. Wahre Aufklärung, Verbesserung und Veredlung des Herzens in ihnen zu bewirken, machte hiebey seinen vornehmsten Zweck aus. Immer arbeitete er dahin, sie mit vernünftiger Wahrheitsliebe zu erfüllen, ihr sittliches Gefühl zu stärken, durch praktische Anweisungen ihnen die Ausübung ihrer Pflichten zu erleichtern, denselben gute Fertigkeiten anzugewöhnen, und Tugend und Religion in ihren schönsten Gestalten darzustellen. Durch das Beyspiel seiner Sitten bahnte er seinen Lehren den Weg zu ihren Herzen. Zugleich liebte er sie wie der wärmste Freund, und half ihnen in jedem Falle nach Kräften durch Rath,

Ermunterung und seine eigne auserlesene Büchersammlung.

Weit entfernt ihnen Begriffe aufzudringen, suchte er sie nur auf die Bahn zu führen, wo sie sich richtige und deutliche erwerben könnten. *) Nicht blofs glauben sollte man, sondern auch, soviel möglich, selbst einsehen. Seine Lehren sollten ihr Eigenthum werden, und nicht blofs ins Gedächtnifs sondern in Verstand und Herz übergehen. Es kann auch gewifs der Schritt zur Wahrheit nicht sicher seyn, wo die Thätigkeit der Vernunft und das Bewufstseyn davon stille steht — Ordnung, Gründlichkeit und deutlicher Vortrag ersetzten bey ihm die Declamation und den blumenreichen Styl. Seine Vorlesungen liefs er sie mit ihren eignen Worten wiederhohlen; mit Vergnügen hörte er ihre Einwürfe an, und leitete sie oft nur dahin, wo sie sich selbst widerlegten. Sorgfältig vermied er unnütze Fragen, und pafste den

---

*) Obest plerumque iis, qui discere volunt, authoritas eorum, qui se docere profitentur. Desinunt enim suum judicium adhibere; id habent ratum, quod ab eo, quem probant, judicatum vident. *Cicero.*

Gegenſtand ſeiner Abhandlung immer ihrer künftigen Beſtimmung an. — Er drang unverdroſſen in das Lehrgebäude des königsberger Philoſophen, lehrte ſelbſt nach deſſen Grundſätzen, die er zuweilen nur milderte, oder ihnen eine andere Wendung gab. Weniger gefielen ihm ſeine letzteren Schriften — Gern verweilte er bey empiriſcher Pſychologie und praktiſcher Seelenlehre. Die frühen Begriffe aus der Arzneygelahrtheit, die er von ſeinem Vater und aus deſſen Büchern aufgefaſst haben mag, nochmehr aber die Nothwendigkeit jener Wiſſenſchaften beſonders zur Sittenlehre und Seelſorge machen dieſes leicht erklärbar. Mathematik hielt er für unentbehrlich in jedem Stande, ſtudierte ſie immer ſelbſt mit Vergnügen, zeigte ihren ausgebreiteten Nutzen, und las beynahe über alle Theile derſelben vor. In der Phyſik ging er mit den neuſten Verſuchen und Entdeckungen fort, und pflegte dabey öfters auf Religion hinzuweiſen: hier gilt von ihm was Pelliſonius vom Leibniz ſagt: Ex (Leibnizii) meditationibus phyſicis tantum religionis relucere, ex quo & intentio animi optima & ſcopus juſtus atque purus pectusque integrum elucent. — Geſchichte ſowohl der Philoſophie als Theologie ſtudierte er mit eigner Kritik aus den Quellen, die ihm offen ſtanden. Beſonders reich war er bey jedem Gegenſtande an Hinweiſungen auf andere Schriften, die er immer ſelbſt geleſen hatte, oft auf ſolche, wo man vielleicht nichts weniger als die angezeigte Materie ſuchen würde.

Wenn er ſchon nicht unter die Zahl derjenigen gehörte, die in der Schrift nur Vernunftreligion finden wollen, ſo bemühte er ſich doch beſtändig Harmonie und ſchweſterliche Eintracht zwiſchen Bibel und Vernunft zu ſtiften. Er war Philoſoph, kannte die Rechte der Vernunft an; aber er betrachtete dieſe nicht als den einzigen Erkenntniſsgrund in Religionsſachen. Indeſſen nagte er nicht grammatiſch an jenen alten Urkunden; ſondern hielt ſich vielmehr an ihren Ideengang, an den eigenthümlichen Geiſt der hebräiſchen, ſyriſchen und griechiſchen Sprache, an die Denkungsart und Sitten der Alten. Dabey benutzte er fleiſsig die Klaſſiſchen Schriftſteller Griechenlandes, Homer, Thucydides, Xenophon u. a. noch mehr aber den alexandriſchen Philo und Joſephus. Er las die neuſten Reiſebeſchreibungen, um Vergleichungen zwiſchen den Sitten im gleichen Grade kultivirter Völker an-

zustellen: selbst seine Geschichte der Menschheit, die er als Professor der Philosophie vortrug konnte man schon grossentheils als eine Vorbereitung zum Bibelstudium betrachten. Mit der exegetischen Behandlung eines jeden Dogma verband er die historische und philosophische, und setzte den Ursprung, die verschiedenen Schicksale, Abänderungen und gegenwärtige Gestalt desselben aus dem Geiste der Zeit ins Licht. Auch suchte er den reinen unverfälschten Lehrbegriff der Kirche in ihren erleuchtesten Vertheidigern auf, ging aber oft mehr den Absichten der Kirchenväter und Kirchenversammlungen als dem Buchstaben derselben nach, den zumahl die ersten, besonders in ihren Homilien, nicht immer genau gewählt haben. *)
Die von der Kirche entschiedenen Punkte bekräftigte er aus Bibel, Geschichte und Vernunft; sonst folgte er nie blofs richterlichen Aussprüchen der Gelehrten; obschon er über die Meinungen Anderer nicht stolz wegsah; ja im Falle sie ihm besser als die seinigen schie-

---

*) Unter seinen hinterlassenen Handschriften fand sich ein mit eigner Kritik gemachter Auszug der Werke der Väter.

nen, sich gewandt genug zeigte, jene mit diesen zu vertauschen. Er las die Schriften der meisten Religionsgegner; aber „jemehr ich solche lese" sagte er, „desto mehr finde ich das reine Christenthum bestätiget." Freilich sah man auch ihn wie so manchen Gelehrten oft wanken, wägen, rathen, bis er endlich dahin kam, wo er Festigkeit antraf. *) Eben dadurch gewann sein prüfender Geist, und da er die Sachen von allen Seiten untersucht hatte, wurde sein Urtheil um so reifer und gründlicher.

Ueberzeugt, dafs alle Wissenschaften mit einander aufs engste verbunden seyen, vernachläfsigte er keine, bereicherte sich mit den Schätzen aller, gab ihnen durch seinen philosophischen Geist Leben und Kraft, und ging mit den neuesten Erfindungen in einer jeden fort. Nur zu grofse Bescheidenheit hielt ihn ab, dafs er nicht öfters selbst als Schriftsteller vor dem Publicum auftrat. Manches nützliche Werk würde uns

---

*) Quid est tam indignum sapientis gravitate atque constantia, quam aut falsum sentire, aut quod non satis explorate perceptum sit & cognitum, sine ulla dubitatione defendere.
Cicero.

feine regelmäfsige Thätigkeit verschafft haben, wenn er nicht immer mit fo viel Mifstrauen auf sich feine Kräfte gemeffen hätte.

Als Profeffor erlernte er noch die englifche Sprache von einem gebornen Britten, der sich lange in Banz aufhielt, und einer feiner zärtlichften Freunde ward. *) Im Jahre 1787 gab er feine Ueberfetzung einer englifch gefchriebenen Gefchichte von Ausgaben und Ueberfetzungen der Bibel **) in die lateinifche Sprache heraus, ***)

---

*) P. Maurus Mac-Donald im Schottenklofter zu Wirzburg.

**) *Profpectus of a new translation of the holy Bible from corrected texts of the the originals compared with the ancient Verfions. With various readings explanatory notes and critical obfervations. By the Rev. Alexander Geddes L. D. D. Glasgow 1786. fol. m.*

***) Mit veränderten Titel: *Rev. Alexandri Geddes LL. D de vulgarium facrae fcripturae verfionum vitiis eorumque remediis libellus. Ex anglico vertit & notas quasdam adjecit Presbyter & Monachus Ordinis f. Benedicti. Bambergae* 1787. Selbft Hr. Hofr. Eichhorn gefteht wenigftens, dafs *Verfaffer und Ueberfetzer von den richtigften Grundfätzen in ihren Meinungen und Urtheilen geleitet werden.*

die er mit vielen gelehrten Anmerkungen und Hinweisungen auf Schriften bereicherte, wo man die abgehandelten Gegenstände ausführlicher finden kann. Ein schönes Merkmahl seiner ausgebreiteten Belesenheit und seines kritischen Urtheils! Auch hatte er angefangen *Jacob Forsters* Werk über die natürliche Religion *) und *Jacob Archers* Predigten **) aus dem Englischen in das Deutsche zu übersetzen, als ihn der Tod wegraffte. So wie die griechische, hebräische, syrische, französische und englische Sprache hatte er sich auch die italienische in einem vorzüglichen Grade eigen gemacht.

Zur Litteratur des katholischen Deutschlandes lieferte er die gründlichsten Recensionen im philosophischen und theologischen Fache. Nebst seiner Unparteylichkeit, Freymüthigkeit aber doch klugen Schonung findet man darin die wichtigsten Bemerkungen, oft ausführlichere

---

*) *Discourses on all the principal Branches of natural Religion and social virtue. By James Toster.*
**) *Sermons on various moral and religious subjects for all the sundays By the Rev. james Archer.* Diese Uebersetzung wird fortgesetzt.

Abhandlungen und die Aufdeckung manches gelehrten Diebſtahls. Obſchon ſelbſt ſo lange Recenſent, fand er doch zuletzt wenig Vergnügen an vielen kritiſchen Blättern, indem er ſah, wie oft man ohne Urſache lobe, und tadle.

Sein ausgebreiteter Briefwechſel betraf meiſtens wiſſenſchäftliche Gegenſtände: vielen Gelehrten ſchickte er merkwürdige litterariſche Beyträge zu, und verſchiedene ſelbſt die angeſehnſten Staatsperſonen fragten ihn um Rath, und verlangten oft ſein Urtheil zu wiſſen. Aber ſeine Vorleſungen waren bey allen dem immer ſein vornehmſtes Geſchäft, und noch im fünfzehenten Jahre ſeines Lehramtes bereitete er ſich mit dem Fleiſse eines angehenden Lehrers dazu vor, obſchon er während derſelben die Worte nie ängſtlich ſuchte.

Den 11ten May 1791 hielt er bey der Beerdigung des verſtorbenen Herrn Prälaten zu Langheim eine Leichenrede, die auch gedruckt erſchien. Darin erblickt man zwar nicht den falſchen Prunk der Beredſamkeit, wohl aber die tröſtlichſten Ausſprüche der Vernunft und Religion, die behutſamſte und klugſte Behandlung seines Gegenstandes; keine Spuren des spielenden Witzes und der erhitzten Einbildungskraft, sondern vielmehr die Eigenschaften, welche Cicero in manchen Stellen seiner Bücher de Oratore, Kant in seiner Kritik der Urtheilskraft u. a. von einem guten Redner fodern.

Sein *Handbuch der christlichen Religion,* das er auf Zudringen seiner Freunde schrieb, ist unstreitig eines der nützlichsten Werke. Es enthält nur Resultate seiner vielen Untersuchungen, Prüfungen, ausgebreiteten Lektüre und seines eignen langen Nachdenkens: und zugleich ist es das treue Bild seines Verstandes und Herzens. Kaum wird ein Unbefangener demselben seinen Beyfall und dem Verfasser davon seine Hochschätzung versagen. Freilich kann es noch Manche unbefriedigt lassen: alle diejenigen, die nur auffallende und dreiste Behauptungen, kühne Angriffe und Ausfälle auf bewährte Wahrheiten und Zerstörung ehrwürdiger Gebäude darin aufsuchen; da doch noch lange kein solches zu erwarten ist, welches deren Stelle so gut vertreten könnte. Aber auch den Vorurtheilen der Schwärmerey Anderer kann es nicht genug thun. Mit so entgegengesetzten Ideen

wird wohl nie eine Dogmatik übereinstimmen
können. Vielleicht kann diese nicht mehr leisten, und sich auf keine andere Art allgemeiner
interessant und nützlich machen, als wenn sie
nur auf die wichtigeren gelehrten Streitigkeiten
des Zeitalters Rücksicht nimmt, die dadurch
nothwendig gemachten oder erleichterten Berichtigungen befördert und mittheilt, das Brauchbare
aushebt, und zweckmäfsig ordnet. Alles dieses
findet man in jenem Buche gewifs in einem hohen Grade erfüllet. Die bedeutendsten Einwürfe
die man dagegen gemacht hat, treffen es wirklich nicht. Nichts ist unerwarteter, als dafs man
eignes Raisonnement darin vermisse. Der Zweck
desselben ist, das Christenthum in seiner Reinheit darzustellen. Soviel eignes Raisonnement,
als sich mit diesem Zwecke verträgt, enthält
es aber gewifs, mehr, als jedes andere Buch,
das gleiche Bestimmung hat. Man hat auch
bis jetzt noch keine katholisch-christliche Dogmatik, worin auf die neuesten Fortschritte der
Philosophie soviel Rücksicht genommen würde. — Dabey war es dem Verfasser mehr um
richtige Darlegung der reinen Wahrheiten des
Christenthums als um neue Meinungen zu thun.
Solche nach der Sitte Anderer gleich auf gu-

tes Glück in die Welt zu schicken, zumahl in einem solchen Buche, dazu hatte er zu wenig Dreistigkeit, und zuviel Mistrauen auf sich und seine Arbeiten. Noch vielweniger wollte er, wie man vorgegeben hatte, eine *christliche Dogmatik nach kantischen Grundsätzen* schreiben. Diese wird wohl sobald nicht zum Vorschein kommen, noch vielweniger befriedigend seyn, indem das kantische Gebäude der Philosophie noch lange nicht vollendet ist, und Kants exegetischer Beruf gewiss mit Grund bezweifelt, selbst von mehreren competenten Richtern laut bestritten wird *). Ildephons bediente sich zwar sehr oft der Grundsätze jenes scharfsinnigen Philosophen zur Erläuterung seiner Sätze; aber er zeigte auch, wo ihm dieselben der christlichen Religion zu widersprechen scheinen.

Um seinen Behauptungen durch die Uebereinstimmung mit Anderen mehr Gewicht

---

*) Man sehe z. B. *Abhandlung über einige Aeuserungen des H. Prof. Kants die Auslegung der Bibel betreffend von Joh. Georg Rosenmüller Erlang* 1794 — *Briefe die biblische Exegese betreffend, in Eichhorns allg. Biblioth. der biblischen Litteratur V. B. II. St. u. a. m,* zu geben, führt er oft paſſende Stellen und Beweiſe aus dieſen an, die entweder geſchätzt, oder doch in der Sache, von der die Rede iſt, unparteyiſch ſind. Bisweilen ſieht man auch daraus, daſs ſelbſt diejenigen, welche ſogar die heiligſten Wahrheiten beſtritten haben, doch oft dem Drange der Wahrheit nicht widerſtehen konnten. Und wer weiſs nicht, wie ſtark auf die Gemüther vieler Leſer der Nahme ſolcher Männer wirke, in deren Schriften ſie allein Wahrheit zu finden glauben? Er würde freilich nur citirt haben, ohne die ganzen Stellen ſelbſt anzuführen; wenn er voraus hätte ſetzen können, daſs der gröſste Theil ſeiner Leſer auch ſeine reiche Bücherſammlung beſitzen würde.

Gewiſs wer ſein Handbuch nach ſeinem wahren Zwecke beurtheilet; ehe er darüber abſpricht, es unbefangen, ganz und mit Nachdenken leſen kann (denn es iſt für *nachdenkende* Chriſten geſchrieben) wird bekennen müſsen, daſs dieſes Buch wenigſtens eines der beſten in ſeiner Art ſey, welches ſeinen Werth noch behaupten wird; wenn viele jetzt mehr angeprieſene in ihrer ſtillen Vergeſſenheit ruhen werden.

Ein hoher Grad von Gelehrsamkeit und Scharffinn erregt zwar mit Recht Bewunderung, aber bey weitem noch nicht jene Achtung, welche uns die Uebereinstimmung des Herzens mit einem aufgeklärten Verstande gebietet. Es mag bey so Manchem wohl gelten, was Shakespear der Portia in den Mund legt: „das ist ein guter (seltener) Prediger, „der seinen eignen Lehren folgt. Ich will „leichter zwanzig Leuten sagen, was gut zu „thun wäre, als einer von den zwanzigen seyn, „die meinen Vorschriften folgen sollen." Allein Ildephons veredelte seinen Verstand durch sein Herz; handelte, wie er sprach, und ich muſs versichern, daſs ich immer, wo Gelegenheit war, an ihm selbst das lebendige Muster von seinen vortrefflichen Grundsätzen erblickte.

Obschon uns das menschliche Herz undurchdringlich ist, und der zuverläſsige Maſsstab fehlet, nach dem wir seine Sittlichkeit genau würdigen können; so sind wir doch berechtiget, aus dem beständig gesetzmäſsigen Lebenswandel eines Menschen auf die Reinheit seiner Absichten zu schlieſsen: und ich würde daher eher alle menfchliche Tugend bezweifeln, als dem Seligen, diefem immer uneigennützigen, thätigen Menfchenfreunde, und immer wahren, aufrichtigen Gottesverehrer einen hohen Grad von Moralität nicht zugeftehen. Sein Leben läfst fich nicht in ein privat und öffentliches Leben abtheilen, die bisweilen fo fehr gegen einander abftechen. Sein ganzes Leben war vielmehr ein öffentliches. Zwar handelte er nicht auf einem grofsen Schauplatze der Welt, aber wie in einer jeden eng verknüpften Gefellfchaft faft immer vor feinen Mitbrüdern. Da hat keine Verftellung auf lange Zeit Statt; das Wandelbare und Unbeftändige wird um fo leichter entdeckt; und auch geringere Fehler fallen ftärker in die Augen. Sollte man aber gar an der ächten Tugend der Mönche überhaupt zweifeln, und ihre vornehmften Pflichten nur in genauer Verrichtung des äufseren Gottesdienftes, frommer Unthätigkeit und dergl. fetzen; fo war Ildephons in der That kein Mönch. Mit einer Gefellfchaft verbunden, die fich von der Welt abgefondert hat, um Tugend und Religion in fich und in Andern defto ungehinderter befördern zu können, zeigte er bald, wie heilig ihm dieser Zweck wäre, und welchen lebhaften Drang er dazu in seiner Brust fühlte. Von der Natur für der Betrachtung ehrwürdiges Dunkel geschaffen, und mit allen dazu nöthigen Gaben versehen rang er unermüdet nach den Mitteln, die zu jenem Ziele hinführen; weihte nicht nur den gröfsten Theil seines Lebens, alle seine Fähigkeiten und selbst seine Gesundheit den Wissenschaften; sondern überzeugt, dafs Tugend und Religion nirgends ohne wahre Aufklärung bestehen können, suchte er auch das, was er sich durch rastlosen Fleifs erworben hatte, nach Kräften gemeinnützig zu machen, und in seinen Brüdern die Geisteskultur sowohl durch Unterricht als sein Ansehen bey den Obern des Klosters zu vermehren. Die höchstmögliche Pflege der Wissenschaften mit der gesellschäftlichen Ordnung daselbst auf das genauste zu vereinigen, dahin gingen seine thätigsten Wünsche und Bemühungen. Aber er wollte hiemit nur wahre Veredlung der Gesinnungen, Gottesverehrung und Menschenliebe gründen, und bey allem seinen Bestreben für Aufklärung wollte er doch nicht zu den unbescheidenen Erleuchtern unserer Zeit gehören, aus denen freilich viele

vor

vor Licht fchon nicht mehr fehen, daſs ihre eigne Wohnung brenne.

Wohlwollen und Liebe gegen Andere waren in feinen ganzen Charakter verwebt. Jedem Dienfte zu erweifen, befafs er eine befondere Bereitwilligkeit, und wenn er jemanden beyftand, zeigte er fich fo thätig, dafs es fchien, er habe fich diefes zum einzigen Gefchäfte gemacht. Mit feinem tieffinnigen Geifte wufste er die ganze Fülle der Empfindungen fo wie in feinen Lehren auch in feinen Handlungen unzertrennlich zu verbinden, und durch feine immerwährende gelehrte Arbeiten verlor er nicht jene Gefühle, welche die Natur reichlich in ihn gelegt, und feine Erziehung glücklich ausgebildet hatte. Bey dem Anblicke des Elendes konnte er die Bewegungen feiner gerührten Seele nicht unterdrücken, und da mit ftolzer Ruhe prahlen. Er nahm Theil an jedem Leiden der Jammernden; fie fetzten fein Herz in Wehmuth und feine Kräfte in Wirkfamkeit. Wie oft hat er den Kummer der Nothdürftigen, die ich feinen Tod mit bitteren Thränen beweinen fah, im Verborgenen geftillet! — Aber feine Empfindungen die er äufserte, waren na-

C

türlich, den Gelegenheiten angemeſſen, paſſend für die Welt, in der er lebte, nicht überſpannt, hatten das Gepräge der Vernunft und Wahrheit, gingen in Handlung über; der Gegenſtand war immer derſelben werth, und ſtand in wahrer Beziehung auf ihn. Nie ſah man an ihm erkünſtelte und Empfindung nachäffende Grimaſſen, declamatoriſche und abſichtsvolle Aeuſserungen erzwungener Gefühle, müſſige Worte bey dem Leiden Anderer ſtatt wirkſamer Thätigkeit. Bey ſchönen Gegenſtänden der Natur, für deren ſanfte Eindrücke ſein Herz ganz offen war, wurde zugleich Verehrung und Dank gegen Gott in ihm geweckt, und zur Belebung tugendhafter Geſinnungen in ſich und in Anderen von ihm benützt.

Weit entfernet von der Neigung, in den Handlungen ſeiner Mitmenſchen Fehler zu finden, ſuchte er immer ihre beſte Seite auf, die er erhob, lobte und der Achtung eines jeden würdig hielt. Dieſes that er oft noch mehr dann, wann ſie ſich undankbar und untreu gegen ihn bewieſen hatten. Großmuthig und ſanft gegen ſeine Feinde rächte er ſich an denſelben wie ein Gott durch Wohlthaten.

Aber feine uneigennützige Menschenliebe und Achtung war doch immer mit Klugheit vermischt. Wenn es darauf ankam, seine Pflichten gegen Andere zu erfüllen, betrachtete er sie als gut und derselben würdig; hingegen bey seinen Erwartungen, die er von ihnen hegte, war er mit Recht gegen die menschliche Tugend etwas mehr mißtrauisch, und stellte sich vor den unangenehmen Folgen ihrer unedlen Absichten im voraus sicher.

Man hat schon oft die Bemerkung gemacht, daß jene, die sich lange mit gelehrten Betrachtungen beschäftigen, manche gesellschaftliche Pflichten und Gebräuche vernachläßigen. Aber Ildephons vereinigte mit seinen tiefen Kenntnissen zugleich jenes reitzbare Gefühl gegen alle konventionelle Beobachtungen, jenes angenehme und feine Betragen, das er mehr der Natur als Kunst zu verdanken hatte, jenen scharfen Blick, der in Gesellschaft seinem aufmerksamen Auge nicht den geringsten Umstand entwischen ließ. Er vermied in dem Umgange alles, was dem Auge oder dem Ohre des Andern mißfallen kann, alles, was den guten Geschmack beleidiget; erhöhte dadurch das Angenehme der Gesellschaft, und gab seinem liebenswürdigen Charakter noch mehr Reitz. Allein nicht blofs äufserlich wollte er gefallen, fondern vielmehr mit Ueberzeugung und mit wahrem Interefſe des Herzens ſuchte er die Zufriedenheit, Liebe und das Wohlwollen Anderer; er wollte nicht blofs Beyfall gewinnen, fondern das Herz für fich einnehmen. Seine Popularität, fein vertrauter Ton, feine Leichtigkeit fich nach der Gedankenreihe und den Gefinnungen eines jeden zu ſtimmen, und fich auch mit den Unwiſſendſten auf eine angenehme Art zu unterhalten, machten ihn allgemein beliebt. Er umhüllte fich nicht mit dem Scheine von Weisheit, Ernſt und Tieffinn. Solange er auch Profeſſor war, fah man an ihm doch nie den ſteifen Pedanten; vielmehr war fein Umgang immer gefällig, gewandt, zuvorkommend, jovialiſch, und dabey doch einfach, fich felbſt gleich und ohne Geräuſch. Wenn er fröhlich war, liebte er oft feinen Spott und Satyre. *)

---

*) Eine folche machte er zum Beyfpiele an einem Erhohlungstage auf P. Placidus Sprenger. Während eines Spazierganges mit ihm und P. Columban Röſſer ſetzte er fich mit diefem auf den

Den Glanz feiner fchönen Geiftesgaben und Verdienfte kleidete er in eine Demuth und Befcheidenheit, die man felten an Gelehrten wahrnimmt. Ganz anfpruchslos fchien er feinen Werth kaum felbft zu kennen, Ohne ftolze Selbftgenügfamkeit und behagliche Selbftgefälligkeit, die Andere ausfchliefset und herabfetzet, ohne jene Ueberlegenheit, die Gelehrte in Gefellfchaft meiftens Andern empfinden laffen, verbarg er feine Vorzüge oft forgfältiger als Viele ihre Fehler. Nie fuchte er im Umgange allein das Wort zu führen, noch die erfte Perfon zu fpielen; nie nahm er da den Ton des Lehrers an, noch weniger kramte er wie Manche überall feine Gelehrfamkeit aus. Selten fprach er von fich, feinen Hand-

---

Rafen. Placidus, der eine Papillionfammlung hatte, und fie noch vermehren wollte, lief einen zu erhafchen, den er fo eben erblickt hatte. Man rief ihn, einen Auffatz von Ildephons mit anzuhören. Auf deffen Inhalt begierig kehrte er zurück: und nach einem ganz frappanten Eingange kam unerwartet die Befchreibung des mit Fang - und Mordwerkzeugen verfehenen und auf den Raub jener Thierchen ausgehenden Placidus.

lungen und Vorsätzen; sondern begnügte sich, jene mit guten Absichten verrichtet zu haben, und war bestrebt diese auszuführen. Auf alles, was nur in dem Zufalle oder in der Meinung seinen Werth hat, sah er gleichgültig hin. Seine Demuth grenzte aber weder an Niederträchtigkeit, noch an kriechende Menschenfurcht. Wo es um Wahrheit und Billigkeit zu thun war, vertheidigte er dieselben unparteyisch und standhaft, und schonte dem Eigennutze eben so wenig als den Vorurtheilen. Er war frey von Stolz, der sich emporhebt, und von Stolz, der sich erniedriget. Sein Stolz schien nur aus dem Grade der Rechtschaffenheit, der er sich bewufst war, und nach der er strebte, zu entspringen, und seine Demuth nur aus dem Bewufstseyn der Mängel, die allem Guten in dem Menschen immer ankleben, und die ihm an seiner Person allezeit mehr, als Andern in die Augen fielen.

Seine religiöse Denkungsart war der hervorstechendste Zug in seinem Charakter, und herrschte fast in allen seinen Handlungen. Es mag wohl in seiner ersten Erziehung der Grund dazu gelegt worden seyn; aber doch hat das Klosterleben gewifs viel dazu beygetragen.

Denn öftere, äufsere gottesdienftliche Verrichtungen fodern jeden nicht Gedankenlofen zur ernfthaften Unterfuchung der Religionswahrheiten auf; nöthigen ihn, das Wefentliche von dem Unbedeutenderen forgfältig zu fcheiden, und legen jenes unabläfslich an das Herz.

Religion hatte nichts Finfteres für ihn; fie war ihm die Freundinn des Lebens, das fchöne Band zwifchen Gott und den Menfchen, und die reinfte Triebfeder zur Liebe gegen Gefchöpfe, die er als Bilder deffelben betrachtete. An ihm bewies fie ihre wohlthätigften Wirkungen: da fie fein ganzes Herz erfüllte, machte fie ihn froh, ficher, fchadlos gegen alles, was ihm an äufseren Vortheilen und Vergnügungen abging: fie erhob feine Seele zu einer Heiterkeit, und Zufriedenheit mit allem, was ihm begegnete, welche nichts auf diefer Welt gewähren kann; fie veredelte in ihm die Freuden, und liefs ihm die Vereitlung feiner Wünfche von einer tröftenden und beruhigenden Seite anfehen.

Seine Andacht war männlich, ruhig und erbauend, von fchwärmerifcher Andächteley eben fo weit als von kalter Unempfindlichkeit entfernet. Bey feinen heiligen Verrichtungen verkündeten Gang, Tritt und Auge die Wichtigkeit des Gegenstandes, der seine Seele einnahm. Ehrwürdiger Anstand, feyerlicher Ernst, unverrückte Aufmerksamkeit auf seine Handlung, gänzliche Abwesenheit von allen dem, was aufser derselben um ihn her da war, zeichneten sich auf seinem Gesichte, und erhöhten die Würde des Christenthumes. Aber das Aeufserliche betrachtete er nur wie Mittel zum inneren Zwecke, und Religionsgefühle sollten ihn zugleich tugendhafter machen. Der gröfste und vornehmste Theil seines Gottesdienstes bestand in der Erfüllung der göttlichen Gesetze, in dem Bestreben immer besser, wohlwollender, nützlicher, gegen Gott und den Menschen liebvoller zu werden. Er, bey dem *reine* Religion in alle Handlungen Einflufs hatte, konnte doch auch von Frömmlern für einen Freygeist und von Freygeistern für einen Frömmler angesehen werden. Aber zufrieden mit dem Zeugnisse seines Gewissens, über die Verleumdungen Anderer erhaben, ging er unbekümmert seinen Weg.

Was mit Religion in Verbindung stand, behandelte er ohne allen Leichtsinn, ohne Waffen des Witzes oder Spottes. Er zeigte nicht nur Achtung gegen jene überhaupt, fondern auch gegen die religiöfe Ueberzeugung anderer Menfchen. Was diefen heilig war, fetzte er nie zum Gegenflande der Verachtung herab, obfchon er am rechten Orte das Unmoralifche, von Andern für heilig Gehaltene offenherzig mifsbilligte. Bey feiner grofsen Anhänglichkeit an die Glaubensfätze der katholifchen Kirche und feiner innigften Ueberzeugung davon liebte er doch Andersdenkende mit zärtlicher Zuneigung. Polemifche Ausfälle, Verketzerungen und hämifche Seitenblicke verabfcheute er, und wenn er gleich den Irrthum, den vogelfreyen Feind ernftlich beftritt; fo verwechfelte er doch nie den Irrenden mit dem Irrthume; noch war er geneigt, diefen insbefondere dem böfen Herzen zuzufchreiben. Er kannte auch Verdienfte und Talente derjenigen an, deren Irrthümer er zuweilen rügte, und bey feinem grofsen Enthuflafmus für Religion liebte er doch immer die Wahrheit. Aber wo er diefe fand, fchämte er fich nicht, für altgläubig gehalten zu werden.

Befondere widrige Schickfale, die auf fein Leben Einfluſs gehabt hätten, kann ich nicht angeben. Es trafen ihn, den frühen Tod feiner Eltern ausgenommen, in feinem ganzen Leben wenige. Von feinen Obern geliebt, von feinen Mitbrüdern gefchätzt konnte fein ruhiger Geift fich ungeftört den Wiffenfchaften widmen. Mifshelligkeiten, die fich faft in jeder eng verbundenen Gefellfchaft ereignen, waren zu fchwach, feine erhabene Seele zu beugen. Nur anhaltender körperlicher Schmerz in feinen letzten Jahren mag fein fonft ätherifches Temperament etwas zum melancholifchen herabgeftimmt haben. Allein auch diefes Leiden, das er oft garnicht merken liefs, konnte er geduldig ertragen: er hatte in fich eine nie verfiegende Quelle der Zufriedenheit und des Vergnügens, Geduld für die lange Weile und eben defswegen auch für den körperlichen Schmerz.

In allen feinen Verrichtungen beobachtete er Anftand und Ordnung, in feiner Kleidung und den Meubles feines Zimmers Reinlichkeit und Einfalt ohne die geringfte Ziererey oder Prachtliebe. Die Koftbarkeiten des letzteren beftanden blofs in einer fehr beträchtlichen Sammlung der auserlefenften Bücher. Seine Erhohlungen waren meiftens nur veränderte Befchäftigungen: er bearbeitete verfchiedene

Holzgattungen, und polirte fie, um die fchon vorhandene Sammlung vollftändiger zu machen; oder erheiterte feinen Geift faft immer in Gefellfchaft eines Buches durch einen Spaziergang in dem nahen Walde, und die letzten fünf Jahre feines Lebens gewöhnlich in dem neuangelegten Garten des Klofters. *)

Zum Beweife, wie fehr felbft Fremde fowohl feine Gelehrfamkeit als Tugend fchätzten, will ich nur einige Beyfpiele anführen.

Der Hochfürftl. Wirzburgifche geiftliche Rath, Profeffor und Univerfitätsdirector Steinacher erfuchte ihn die Logik des Antonius genuenfis fo zu verbeffern, dafs fie zu Wirz-

---

*) Diefer Garten, der noch nicht fechs Jahre fteht, hat fein Dafeyn gröfstentheils dem jetzigen Kanzleidirector dafelbft P. Placidus zu verdanken. Er verfchaffte dadurch feinen Brüdern öftere, der Gefundheit fo nothwendige, freye Bewegung und viel Vergnügen. Noch hängt fein Herz an diefer Anlage, die er als Prior zu Stande brachte, mit grofser Vaterliebe. Er nährt und pflegt fie noch immer, und fo bekömmt fie unvermerkt eine gröfsere und reitzendere Geftalt. Auch wird er dem Seligen, feinem wärmften Freunde da ein Denkmahl errichten laffen.

burg als ein Schulbuch für jene gebraucht werden könnte, die von der Rhetorik zur Philofophie übergehen wollen. *) Auf Zudringen deſſelben nahm Ildephons dieſe Arbeit auf ſich; aber jener ſtarb, und dieſe blieb bisher verfertigt in der Handſchrift liegen. **)

Der Hochſelige Herzog von Würtenberg, der 1785 den 8ten März nach Banz kam, „um „wie er ſagte, mit den Geiſtlichen daſelbſt, „von denen er ſo viel Gutes gehört hätte, be„kannt zu werden," wohnte mit der Frau „Gräfinn von Hohenheim einer philoſophiſchen Vorleſung bey, welche Ildephons über Gewiſsheit und Wahrſcheinlichkeit hielt. Beyde wurden ganz für ihn eingenommen, gaben ihm viele Zeichen ihrer beſonderen Gewogenheit und Hochachtung, und gleich den erſten Tag nach ihrer Abreiſe begehrte der Herzog durch eine Stafette von unſerem nun verſtorbenen Prälaten Valer den Ildephons Schwarz

---

*) Man ſehe die 1te Beylage.
**) Dieſe mit vielem Geſchmak gemachte Verbeſſerung iſt voll der gemeinnützigſten Ideen und Hinweiſungen auf die alten Klaſſiker und neuen guten Schriften. Sie wird nächſtens gedruckt erſcheinen.

zu feinem Hofkaplan. Diefer, deffen freyer Wahl es der Prälat überliefs, dem erhaltenen Rufe zu folgen oder nicht, war fchon längftens entfchloffen, feinen Stand, worin er Anderen nützlich und felbft vergnügt lebte, nie zu verlaffen; bezeigte daher dem Herzoge in einem Briefe feinen Dank für deffen gnädige Zuneigung, dafs er aber dem Wunfche deffelben nicht entfprechen könnte. Diefer verlangte ihn ernftlich zu befitzen; war alfo hiemit nicht zufrieden; widerlegte feine Entfchuldigungsgründe in einem eignen Briefe, *) und konnte dennoch ihn, der feiner Entfchliefsung getreu blieb, zu feiner Abficht auf keine Art gewinnen. Zu Bamberg hatten fchon Se. Hochfürftl. Gnaden Fr. L. dem Herzoge zu verftehen gegeben, dafs Ildephons in ein folches Begehren nicht willigen würde. Eben fo wenig nahm er eine Profeffur an, die er auf der Mainzer Univerfität hätte erhalten können.

Der Lobfpruch: *hunc virum nominaffe laudaffe eft,* aus dem Munde unferes weifen Fürften machet alle übrige Beweife, wie fehr Ildephons gefchätzt zu werden verdiente, und

---

*) S. IIte Beylage.

wirklich geſchätzt worden ſey, überflüſſig, und läſst auf die anderen Merkmahle der Zuneigung dieſes groſsen Fürſten *) gegen den Seligen ſchlieſsen.

Noch kann ich die kurze aber treffliche Zeichnung nicht übergehen, die Herr Rath und Profeſſor *Briegleb* zu Coburg in der gelehrten Gothaiſchen Zeitung von ihm macht, wo er ſeinen Tod ankündiget. Man ſehe die IIIte Beylage. Auch in einem Briefe drückt er in der ungeheuchelten, ihm ganz eignen, naiven Sprache des zärtlichſten Freundes ſein Beyleid aus.

Da ihm ſchon die Natur keinen ſtarken Körperbau verliehen hatte; ſo konnte er durch beſtändige Anſtrengung und unermüdete Beſchäftigungen von ſeiner erſten Jugend an um ſo leichter geſchwächt werden. Oefters fühlte er daher Nervenkrämpfe, beſonders in ſeinen letzten Jahren ein faſt immerwährendes Kopfwehe: ſein Magen verdaute keine Faſtenſpeiſen mehr, und er war gezwungen täglich früh eine Taſſe Caffee zu nehmen. Aber dennoch

---

*) So eben erhält man die traurige Nachricht, daſs er den 14ten Februar 1795. geſtorben ſey.

unterließ er keine seiner Vorlesungen, die er oft den Kopf vor Schmerz auf die Hand gestützt fort hielt, und setzte seine mannigfaltigen Arbeiten mit dem Entschlusse fort, ehender früher zu sterben, als nicht zu studieren. Seine wankende Gesundheit nöthigte ihn zuletzt, alle jene Regeln zur Pflege derselben, die er durch lange Beschäftigung mit der Physik kennen gelernt hatte, genau zu beobachten; ja er gewann nun die Arzneygelahrtheit ganz besonders lieb. Allein ihre Mittel konnten ihn nicht ganz wiederherstellen. Umsonst brauchte er verschiedene Curen, und bey mehreren geschickten Aerzten suchte er vergebens Rath. Indessen schien doch sein Körper bey der angewandten Sorge noch dauerhaft zu seyn. An dem Tage der seinem Tode vorherging zeigte er sich so munter und wohl, als je zuvor, und selbst an diesem unglücklichen Tage bis ungefähr neun Uhr des Morgens heiter und lebhaft. Es war eben das hohe Frohnleichnamsfest, an welchem der Herr Prälat *) das Hoch-

---

*) Otto dieses Nahmens III, der den 18 Junius 1792 gewählt wurde, und nun seinen liebvollen Charakter durch Beförderung der Wissen-

amt in Pontif. hielt, wobey der Selige die Stelle des Ceremonienmeiſters vertrat. Er hatte früh der feyerlichen Metten und gemeinſamen Betrachtung beygewohnet, nachher gebeichtet, und ſeiner Gewohnheit nach ſehr bald die Meſſe geleſen. Ganz munter ging er noch zum Hochamt mit aus der Sacriſtey: aber kaum hatte er ſich unter den Hymn, gloria in Excelſis Deo, niedergeſetzt, als ihn der Schlagfluſs rührte. Er neigte ſich gegen den Subdiacon, und ſagte, *Schlag*, ſein letztes Wort: er ſank, alle ſeine Nerven wurden gelähmt; man ſchleppte ihn aus der Kirche, wo er mit ſeinen ſchon lebloſen Füſsen aller ſeiner Anſtrengung ungeachtet nicht mehr auftreten konnte; man trug ihn, in Todesſchweiſs gebadet, in ſein Zimmer, machte die Vorbereitung, ihm aderzulaſſen: dagegen ſchien er reden zu wollen, und noch verſuchten es einigemahl ſeine Lippen und Zunge ſich zum ſprechen zu bewegen; aber dieſe verſagten ihm den letzten Dienſt. Er bekam bald heftige Anfälle von Erbrechen, ohne Erfolg: man wollte dieſs, um

---

ſchaften im gleichen Grade immer mehr erhöben wird, als er ſelbſt ein vertrauter Freund und Kenner derſelben iſt.

um ihm zu helfen, durch Eingiefsung von etwas Thee und eines Spiritus befördern: nun bäumte er fich zum letztenmahle auf, fchlofs die Augen, und griff in die letzten Züge: man ertheilte ihm die letzte Oehlung und erwartete den gerufenen Arzt. — Betrübter Anblick! Hier fchmachtete der edle Mann in der Blüthe feiner Jahre, wo feine traurigen Mitbrüder in Erwartung auf die Wirkung eines fo plötzlichen Schlages um fein Bett ftanden. Aber nicht einer konnte einen fcheidenden Blick, ein letztes Wort von ihm erhalten. Seine gänzliche Betäubung beraubte uns des letzten Troftes, von ihm noch einmahl die Empfindungen der Tugend und Religion zu hören, die der Mund des fterbenden Chriften, feine fchwache und unterbrochene Stimme mit foviel Stärke und Nachdruck mittheilen kann. Er verfchied in weniger als einer Stunde, und verwandelte unfere Feyerlichkeit in Stille und Trauer. *)

---

*) Bey der Sektion feines Körpers unter der Auf-ficht des Arztes zeigte fich eine Fäulnifs an der einen Seite des Gehirns, wodurch fich fein faft beftändiges Kopfwehe erklärte. Die Magenhaut war fo dünn, wie feines Poftpapier, und vorne aufgefchlitzt, das ganz gewifs durch den letzten Antrieb zum Erbrechen gefchah.

D

Noch unter seinem Todeskampfe zeichnete sich seine ruhige, von Leidenschaften freye, menschenfreundliche Seele auf seinem Angesichte, das bisweilen nur durch unwillkürliche Krämpfe und Zuckungen verzogen wurde: man las darauf die Worte, die Barthelemy dem Socrates vor seinem Todesende sagen läſst: Tout homme, qui renonçant aux voluptes, a pris soin d'embellir son ame non d'ornemens etrangers, mais des ornemens, qui lui sont propres, tels que la justice, la temperance et les autres vertus, doit etre plein d'une entiere confiance, et attendre paisiblement l'heure de son trepas: nur mit dem Unterschiede, daſs dieser christliche Sokrates ganz von reiner Religion Jesu belebt war.

Sein Körper war regelmäſsig gebaut; seine Leibesgröſse ragte etwas über die mittelmäſsige hervor. Er war weder hager noch fett, nicht stark von Nervenbau; vom zarten Gefühle und feinen Sinnen; im Gesichte fast immer bleich, doch waren deſſen Züge edel und angenehm, und drückten vollkommen jene wohlwollenden und religiösen Gesinnungen aus, die seinen Verstand beschäftigten, und fein ganzes Herz einnahmen. Seine Geistesgaben waren in Harmonie nach ihrem Werthe ausgebildet, feine Urtheilskraft mehr als die Phantafie; fo wie überhaupt aus feinem ganzen Charakter mehr die überlegende, rück- und vorwärts fchauende Vernunft blickte, als die leichtfinnige, wie ein Strom forteilende Einbildungskraft.

Man fegnet den alten hinfinkenden Stamm, der fchon zuvor entblättert und erftorben war; aber der fchnelle Fall eines Mannes ftimmt uns billig zur Trauer, an dem viele feiner reitzenden Früchte erft ihrer vollkommenen Zeitigung nahten, die nun ungenoffen verwelken. In dem 41ten Jahre feines Alters, in der Mitte feines gefchäftigen Lebens, während feines raftlofen und aufrichtigen Strebens nach immer reinerer Wahrheit, während der unausgefetzten Veredlung feiner eignen Tugend und der unermüdeten Verbefferung und Entwicklung der Geiftesgaben Anderer entrifs ihn uns der Tod. *) Doch ehrenvolles Alter ift

---

*) Da er fchon dreymahl Philofophie, Mathematik

nicht das, welches viele Jahre zählt, und der Rechtschaffene, wenn er auch bald stirbt, hat lange gelebt. *) Geschätzt von Fürsten, hochgeachtet von allen Gelehrten, die ihn kannten, geliebt von seinen Freunden und allen, die ihm nahe waren, ruhet er nun hier; aber noch aus seinem Grabe wird Gutes keimen; seine bleibenden Verdienste werden sich noch immer verbreiten, und sein Andenken der Vergessenheit entreissen. Das Bild seiner weisen und tugendhaften Wandels schwebt gewiss noch vielen vor den Augen, seine Lehren werden noch auf Manchen Einfluss haben, und er wird sich freuen, wenn beyde ähnliche Gesinnungen und Handlungen in Mehreren erwecken. Allein dadurch wird er sein Andenken geehrt halten, unverdientes Lob, wie in seinem Leben verschmähen.

---

und Theologie vorgelesen hatte, war er doch seines kränklichen Zustandes ungeachtet schon wieder bereit, seinen jüngsten Mitbrüdern Philosophie zu lehren.

*) S. in der IV. Beylage das Dank - und Denkmal, welches P. Columban Flieger Redacteur des litterärischen Magazins für Katholiken und deren Freunde in dieses eingerückt hat.

Kein unfreundlicher Genius verfolge den Schatten des Edlen, der redete, wie er dachte, fchrieb, wie er redete, und lebte, wie er fchrieb; der von Vernunft und Religion geleitet unter dem ficheren Schilde der Tugend zur Unfterblichkeit überging; vieles wirkte, obfchon er in den Jahren unterlag, wo der Menfch erft ungehindert thätig feyn kann, und mit voller Kraft zu handlen pflegt. Und du verklärter, über das Loos der Menfchheit nun erhabner Lehrer deiner Mitbrüder, wenn dir auf dem Sterne, den du bewohneft, und wo du auch ohne deine irdifche Hülle thätig bift, menfchliche Empfindungen bekannt werden, verwirf den Tribut des Dankes für deine Lehren und Freundfchaft nicht den ich dir hiemit darbringe.

Ite Beylage.

Ich wage nun an Euer Hochwürden meine Bitte unmittelbar, die der H. P. Prior vor kurzem in meinem Namen vorgetragen hat, um die Besorgung einer neuen verbesserten Ausgabe von *Antonii genuensis ars logico - critica* und *Rössers Encyclopaedia philos.* Ich sage Ihnen, mein lieber Freund, meine Ueberzeugung, gewiss keine Schmeicheley, wenn ich behaupte, und vor unserem Fürsten behauptet habe, dass Sie der vorzügliche Mann sind, der unsere Wünsche leicht und vollkommen erfüllen kann, und aus Patriotismus wird. — Auf die Entscheidung des kantischen Processes will ich nicht warten; dieser mag ausfallen, wie er will, so geben wir die Wege zur Erforschung der Wahrheit nicht auf, welche bisher die Erfahrung verbürget hat — es ist ja in meiner Angelegenheit nur die Frage von der Ausgabe eines schon

gekannten Buches, von keiner neuen Geburt—
Verlaſſen ſie mich nicht, beſter, theuerſter
Freund, in einer Angelegenheit des Vaterlandes und des Fürſten, die Ihnen doch gewiſs
werth und verehrungswürdig ſind.

STEINACHER.

IIte Beylage.

Hohenheim den 21. März 1785.

. . . Der Herr Prälat (schrieb der Hochselige Herzog an unseren verstorbenen Abt) wird in diesem Schreiben (das er an Ildephons beygelegt hatte) die Sprache meines Herzens finden, und ich hoffe mit Zuversicht, das sie Eingang finden wird. Auf die Probe wird alles ankommen, und es ist Unser aller Pflicht, für die Gesundheit und Erhaltung dieses rechtschaffenen Mannes zu sorgen. . . . .
Ich bin mit vieler Achtung
des Herrn Prälaten
Freundwilliger
Carl —

Hohenheim den 21. März 1785.

Mein lieber Herr Pater Ildephons Schwarz. Es ist zwar Pflicht seinen Kräften nicht zuviel zuzutrauen, seinem Einbildungsgeiste keinen allzuweiten Raum zu gestatten, damit man nicht mehr scheine, als man nach geprüfter That wirklich sey; Aber eben so große Pflicht hat jeder Mensch auf sich, seine Gaben nicht zu mißkennen, damit auch den erlaubten Wucher zu treiben, das ist sich der menschlichen Gesellschaft nützlich darzustellen, seinen zum Guten bestimmten Wirkungskreis zu erweitern, und seiner wahren Bestimmung näher zu kommen. Nichts in der Welt geschieht ohne Wink, ohne Fingerzeig von Oben. Unsere Bestimmung, die Folgen, die daraus entstehen, das Gute welches damit bewirket wird, alles ist von Ewigkeit voraus — gesehen; Umstände ketten sich aneinander, und was wir oft Zufälle nennen, sind Fingerzeige Gottes; wenn schon ein Abt Jerusalem dem Menschen nur eine von Gott geleitete Freyheit zugestehet, wann aus den Handlungen des Menschen oft dieser Satz als bestättiget anzunehmen wäre; so ist dessen ohngeachtet das Kleinod unseres irrdischen Zustandes immer das Bewußtseyn, daß wir durch freywillige Handlungen zum Guten, das ist Tugend, zu dem gelangen können, was uns einst allein ganz glücklich machen kann. Ich will damit sagen, sich dem Wink der Führung unseres Gottes zu überlassen, Ihm die Schwürigkeiten getröst zu übergeben, die uns vielleicht ein trüber, ein gezwungener Augenblick hat entstehen machen, und der sich in hellen Glanz verwandlen kann, wenn der Mensch auch nur in die zeitliche Zukunft siehet, und das Gute mit unbefangenen Augen betrachtet, das er in vielen Rücksichten stiften kann.

Der Herr Pater vergeben mir, wann Ich durch diese Zeilen als Lehrling denjenigen schildern wollte, der in allem Betracht Mein Lehrer seyn kann. Die gute Meinung, die Ich von demselben gefaßt, mit Ueberlegung gefaßt, läßt mich mit Zuversicht glauben, der Herr Pater werde diese wenige Worte zweymal überlesen, und öfters überlegen. Es ist Gewissenssache, mithin doppelte Pflicht, besonders vor einen Theologen, eifrigen Seelsorger, eine Gelegenheit nicht ausser Augen zu lassen, den Wachsthum unserer allerheiligsten Religion befördern zu können.

Mitten in einem protestantischen Lande, unter dem Schutze eines Regenten, der nach Ueberzeugung Verehrer des Wortes Gottes ist, was kann da nicht Pater Jldephons Schwarz wirken, was kann er nicht in vier Mauren versäumen? Wie wird ihm dereinst dies Versäumniß angerechnet werden, und dagegen wie hoch kann seine Stuffe der Glückseligkeit werden, wenn er den Weinberg des Herrn hat bearbeiten helfen! Sollte wenigstens nicht eine Probe von einem halben oder ganzen Jahre alle Zweifel auf der einem oder andern Seite heben, sollte nicht diese Probe selbst der Gesundheit nützlich seyn? und die Pflicht der Selbsterhaltung fodert es; und nach geendigter Probezeit kann und wird es auf denselben ankommen, entweder eine Meiner Hofprediger-Stellen fort zu bekleiden, oder sich von Neuem unter den Schutz seines würdigen Prälaten zu begeben. Den Gott, der Nieren und Herzen prüfet, wolle der Herr Pater auf seinen Knien anrufen, sich ihm ganz überlassen, und dem Rufe folgen, der wahre Aufklärung der Religion, und wie ich sicher hoffe, des Herrn Paters innere Zufriedenheit zum Zwecke hat.

Schließlich muß hier angefügt werden, in was das Einkommen eines Meiner Hofprediger bestehet, nämlich freye Wohnung, Holz, Licht, Meubles, Essen, Trinken, den Gebrauch der Bücher Meiner großen Bibliothek in seiner Wohnung und 600 Gulden baar Geld. Ich bin mit vieler Hochschätzung des Herrn Paters affectionirter

Carl cet.

IIIte Beylage.

Das Kloster Banz hat eine seiner vornehmsten Zierden verloren. Am 19 Junius 1794 mitten unter h. Beschäftigungen, da das Fronleichnamsfest in der Kirche gefeyert, das Hochamt gehalten wurde, sank der P. Ildephonsus Schwarz von einem Schlagfluss getroffen hin, und erblasste im 41 Jahre seines Alters. Er war Professor der Theologie und Bibliothekar, ein ächter Philosoph im Denken und im Handeln; über die herrschenden Vorurtheile erhaben, übte er die Pflichten seines Standes gewissenhaft aus. Studieren und Streben nach höherer Vollkommenheit schien seine einzige Leidenschaft zu seyn. In seinem Angesichte, in seinem ganzen Wesen war edle Simplicität und stille Fröhlichkeit der Unschuld sichtbar; dahero erweckte er leicht die Aufmerksamkeit eines jeden, der ihn zum erstenmal sah. Jemehr man ihn aber kennen lernte, desto mehr schätzte man in ihm den klugen, frommen Biedermann, der bey allen Vorzügen feines Verftandes und Herzens fo befcheiden, fo demüthig war. Sein empfehlungswürdiges Handbuch der chriftlichen Religion ift vollendet. Auch als Lehrer (er war viele Jahre hindurch bis itzt Profeſſor im Klofter Banz) hat er fehr viel Gutes gewirkt. Der jüngſt verſtorbene Herzog von Würtenberg wünfchte ernftlich diefes Kleinod zu befitzen; der philofophifche Mönch blieb lieber in der Claufur.

IVte Beylage.

„Statt einer umſtändlichen Anzeige des unſeren Leſern aus anderen gelehrten Zeitungen und Journalen ſchon bekannten Hintritts unſeres theuerſten und wichtigſten Mitarbeiters des Herrn Profeſſor P. *Ildephonſus Schwarz* in dem Stifte und Kloſter Banz will Redacteur als Schüler ſeinem Lehrer ein dieſem Seligen ſchuldiges Dank- und Denkmal in dieſem Magazin aufſtellen:

Piis Manibus
Plurimum Reverendi & Doctiſſimi
Domini ac Patris *Ildephonſi Schwarz*
Profeſſi & Profeſſoris in Monaſterio Banz
Qui
Animi candore ac vitae innocentia
Infans
Addiſcendi cupiditate & ardore
Juuenis
Obſequii promptitudine & alacritate
Adoleſcens

Aetate aeque ac concilio
Vir
Doctrina fapientia & eruditione
Adultus
Virtutibus ac meritis
Senex
obiit
19na Junii 1794.
Anno Aetatis -- 41.
Religiofae Profeffionis -- 24.
Sacerdotii -- 19.
Hoc
Grati & Devoti animi
Monumentum
pofuit

Difcipulus & Confrater
C. F.

S. litterarifches Magazin für Katholiken und deren Freunde I. B. 6. St.

X   117, 89

X   11/. 89

X　　117. 89

X 117. 89